JUBILÉ SACERDOTAL

DU RÉVÉREND PÈRE

ADOLPHE PILLON

CÉLÉBRÉ A LILLE

LE DIMANCHE 28 DÉCEMBRE 1884

LILLE

IMPRIMERIE DE J. LEFORT

rue Charles de Muyssart, 24.

1885

JUBILÉ SACERDOTAL

DU RÉVÉREND PÈRE

ADOLPHE PILLON

CÉLÉBRÉ A LILLE

LE DIMANCHE 28 DÉCEMBRE 1884

LILLE

IMPRIMERIE DE J. LEFORT

rue Charles de Muyssart, 24.

1885

LE R. P. ADOLPHE PILLON

Né à Estrées (Somme), le 25 avril 1804 ;

Entré dans la Compagnie de Jésus, en 1823 ;

Admis aux premiers vœux à Montrouge, le 8 sept. 1825 ;

Professeur à Dôle, de 1827 à 1828 ;

Professeur au Passage, en Espagne, de 1828 à 1830 ;

Étudiant en théologie à Madrid, de 1830 à 1834 ;

Ordonné prêtre à Annecy, en 1834 ;

Préfet des études à Melan, en Suisse, 1834-1836 ;

Préfet et Recteur à Brugelette, 1836-1850 ;

Admis à la Profession à Brugelette, le 15 août 1842 ;

Fondateur et Recteur à Vannes, 1850-1861 ;

Recteur à Sainte-Geneviève de Paris, 1861-1866 ;

Recteur à la Providence d'Amiens, 1866-1867 ;

Provincial de Champagne, 1867-1872 ;

Fondateur et Recteur à Lille, 1872-1880 ;

Supérieur des Jésuites dispersés, 1880-1884.

JUBILÉ SACERDOTAL

DU R. P. ADOLPHE PILLON

C'est le 20 décembre 1884 que le R. P. Pillon avait le bonheur d'accomplir sa cinquantième année de prêtrise.

Depuis longtemps sa famille religieuse et ses amis de Lille appelaient de leurs vœux ce grand anniversaire. Il leur était doux de se réjouir avec le vénérable patriarche de la belle vieillesse que Notre-Seigneur se plaît à lui conserver, et de lui donner à cette occasion un nouveau témoignage de leur piété filiale et de leur respectueuse gratitude.

Le collège Saint-Joseph, fondé, il y a douze ans, par l'illustre religieux, devait avoir la plus belle part de la fête. Avec cette grâce et cette délicatesse dont il a le secret, l'éminent et pieux Supérieur de l'École, Mgr Baunard, s'empressa d'offrir sa chapelle au Recteur d'autrefois,

1

pour la messe de ses noces d'or. Les élèves, dont plus de la moitié avaient connu le royal et paternel gouvernement du R. P. Pillon, pouvaient de la sorte s'associer aux saintes joies de celui qui avait été le premier à les bénir.

Comme le 20 décembre coïncidait cette année avec le samedi des Quatre-Temps, on choisit, pour donner à la solennité religieuse l'éclat qu'elle demandait, le dimanche 28, consacré à la mémoire des saints Innocents.

Informés de la fête qui se préparait, les anciens élèves de Brugelette répandus dans la région du Nord y réclamèrent leur place. Ils voulurent de plus faire partager leur bonheur à tous leurs camarades de collège. C'est pourquoi un comité se constitua, composé de M. le comte Edmond d'Hespel, de M. le comte Alfred de Pas, de MM. Ach. Mathon, Ph. Motte, Ch. de Saint-Just, P. Verley et A. de Badts de Cugnac.

Le 15 décembre, une circulaire portait à tous les vétérans de Brugelette l'annonce de la réunion et le programme de la journée.

On verra plus loin avec quel élan ils y répondirent, et quels furent les regrets de ceux que d'impérieux devoirs retenaient enchaînés loin de leur bien-aimé Père.

LA MESSE JUBILAIRE

Le dimanche 28 décembre, la chapelle de Saint-Joseph, parée comme aux jours des plus grandes fêtes, présentait un spectacle aussi pieux qu'imposant.

Auprès des cinq cents élèves de l'École étaient venus s'agenouiller leurs parents, les amis du R. P. Pillon, les administrateurs de la Société civile de Saint-Joseph, les anciens élèves du collège de Lille en très grand nombre. Au premier rang se tenait la députation des anciens élèves de Brugelette.

Un clergé nombreux remplissait le chœur; on y voyait représentés les différents ordres religieux de la ville.

A huit heures et demie, le clergé en procession alla chercher le R. P. Pillon dans la salle où il se préparait au saint sacrifice.

En tête se déployait cette brillante troupe d'enfants de chœur dont Saint-Joseph conserve la tradition comme aux jours de Brugelette et de Saint-Acheul.

Un pieux frémissement parcourut l'assemblée quand retentirent au loin, dans les cloîtres, les premiers versets du *Benedictus*, chantés par soixante voix d'enfants : ils annonçaient l'entrée triomphale de l'Oint du Seigneur.

On vit enfin paraître le vénérable Jubilaire avec cette sérénité majestueuse que Dieu lui-même semble avoir déposée sur son front comme un rayon anticipé de sa gloire. Il s'avançait vers l'autel pendant que l'Église, par la voix de ses ministres, lui redisait ces paroles qui étaient aujourd'hui celles de sa reconnaissance, comme, il y a cinquante ans, elles avaient été celles de son espérance :

Et tu, puer, propheta Altissimi vocaberis; præibis enim ante faciem Domini parare vias ejus.

Ad dandam scientiam salutis plebi ejus, in remissionem peccatorum eorum.

C'était en raccourci la vie tout entière du grand éducateur de la jeunesse.

Cependant le saint sacrifice commença : le R. P. Pillon était assisté du P. Bastien, le compagnon et le soutien de sa retraite depuis les jours de la grande épreuve.

Après l'évangile, Mgr Baunard, revêtu des insignes de la prélature pontificale, félicita en ces termes le vénérable héros de cette sainte journée.

DISCOURS DE Mgr BAUNARD

Mon très révérend Père,

Votre présence parmi nous, en ce lieu, en cette fête, nous apporte plus que le spectacle d'une solennité ordinaire : c'est la grandeur et la beauté d'une scène biblique. C'est Jacob, chargé d'années, descendant, lui et ses fils, dans la maison de Joseph. Vous comprenez bien que par ce nom, j'entends cet autre Joseph que vous-même avez donné pour patron à notre collège, et qui en est le premier et céleste supérieur. C'est lui, mon révérend Père, qui a dit à vos fils : « Hâtez-vous, allez, montez vers notre Père, et amenez-le vers moi : *Festinate, ascendite ad patrem nostrum, et adducite eum ad me.* » C'est lui qui, sur le seuil, vous a reçu au chant du *Benedictus*, attendri de vous revoir après de si longs regrets : *videns, irruit super collum ejus, et inter amplexus flevit.*

Il vous est donc rendu pour aujourd'hui, mon Père, cet enfant de votre vieillesse, dont naguère des jaloux avaient comploté la mort, et dont vous aviez pu dire : « Une bête cruelle a dévoré mon fils. » Il est vivant devant vous : *filius tuus vivit;* même il a grandi, et sa famille s'est accrue dans la captivité. Voici qu'il vous présente les enfants de votre enfant, en vous demandant de les tenir pour vôtres et de les bénir : *ecce filii tui mei sunt.... adduc eos ad me ut benedicam illis.* Enfin voici qu'auprès de vous je puis saluer en ce jour ceux qui furent jadis les maîtres de notre cher troupeau, et qui peuvent bien dire, eux aussi, dans ce lieu rempli de leur zèle pastoral : « Nous sommes des pasteurs, nous, ainsi que furent nos pères : *Pastores ovium sumus, et nos et patres nostri.* »

Hélas! que ne puis-je pousser jusqu'au bout le parallèle;

et que ne m'est-il donné de hâter le jour désiré où Saint-Joseph de Lille aura la joie de vous dire, comme le Joseph de l'Égypte aux fils du Patriarche : « Vous resterez ici dans la terre de Gessen, car c'est une terre excellente, et vous y habiterez vous, vos fils, les fils de vos fils ; la possession vous en est assurée à jamais : *Et habitabis in terra Gessen, in loco optimo, et eris ibi tu et filii tui, et filii filiorum tuorum.... in possessionem sempiternam.* »

En attendant, mon Père, ayant à célébrer le jubilé de votre sacerdoce, pouviez-vous le faire ailleurs que dans cette maison que vous avez fondée ? Ceux qui naguère vous en ont interdit les foyers, ne vous en ont pas, que je sache, interdit les autels. Aussi bien, nulle part ailleurs vous ne seriez autant chez vous. Si vous n'êtes plus le père de cette jeune famille, vous en êtes le grand-père : mon cœur de fils vous en répond. Ah ! qu'il ne soit pas dit de vous comme il a été dit du plus auguste des expulsés : *In propria venit, et sui eum non receperunt.* Aussi bien ce jour est bon pour vos petits enfants. Il était bon qu'ils eussent sous les yeux le spectacle des respects dont l'Église sait entourer les vieux jours de ceux qui ont combattu si longtemps pour sa gloire ; il était bon qu'ils vous vissent, escorté de nos hommages, monter à cet autel du Dieu qui, il y a cinquante ans, réjouissait votre jeunesse, et qui sera tant supplié de vous la rendre aujourd'hui.

Il y a donc cinquante ans. Vous aviez alors trente et un ans passés, l'âge vers lequel le souverain Prêtre offrit son sacrifice. C'était dans le mois de décembre 1834. Vous étiez loin de la patrie : vous aviez dû aller chercher un refuge dans le Valais, demandant à la Suisse la liberté d'enseigner que la France refusait aux meilleurs des Français. Du collège de Mélan dont vous étiez préfet, vous partîtes à pied, en pauvre de Jésus-Christ ; vous fîtes dix lieues dans la neige, au cœur de l'hiver, par des chemins de montagnes.

Vous vous encouragiez en pensant qu'ainsi, sans doute, avaient dû voyager Joseph et Marie marchant à l'accomplissement de ce même mystère qui allait, peu de jours après, se renouveler entre vos mains. Vous arrivâtes à Annecy : c'était Bethléem pour vous. C'est là, dans la cité de saint François de Sales, de la main de son successeur, l'illustre Mgr Rey, que vous reçûtes l'onction du sacerdoce éternel.

Ah! mon Père, l'Ananie, l'homme de Dieu, qui alors vous imposa les mains, vous a-t-il, ce jour-là, révélé comme à l'Apôtre, « ce que vous auriez à souffrir pour ce nom de Jésus, » qui était devenu le vôtre par votre profession ? Quand, en cette orageuse année 1834, du haut des sommets des Alpes, vous tourniez vos regards vers cette France qui alors ne voulait pas de vous, avez-vous pu prévoir ce qu'un demi-siècle allait vous y apporter de combats, suivis de belles victoires, et de défaites plus belles encore; et demandiez-vous à Dieu de fortifier votre bras pour ces incessants travaux dont vous venez aujourd'hui déposer à son autel l'hommage et l'action de grâces : *Gratias ago ei qui me confortavit, Christo?*

Et quels travaux que ceux desquels vous pourriez dire que peu d'autres vous ont surpassé, en ce siècle : *in quo quis audet, audeo et ego, plus ego!* Vous le savez, vous, Messieurs, et vous le saurez un jour, vous, mes chers enfants : dans cet engagement général entre la vérité et l'erreur, qui est de tous les temps, qui est surtout du nôtre, il est un point où la lutte plus décisive, plus ardente, n'a pas cessé un instant : c'est le terrain de l'éducation et de l'enseignement de la jeunesse. Nous en avons reçu la mission de Dieu même : en obtiendrons-nous des hommes le droit et la liberté? C'est la première question, elle regarde tous les catholiques. Puis voici la seconde, qui regarde les religieux. Parce qu'on a fait le vœu de pratiquer les conseils évangéliques, pour se tenir ainsi plus près du Père des âmes; parce qu'on appartient à une Compagnie qui, depuis trois cents ans, a porté dans l'instruction des jeunes chrétiens des deux mondes, le plus de lumières, le plus de dévouement et le plus d'éclat; parce que, sur son blason, on a inscrit le nom de Jésus, c'est-à-dire du docteur suprême, du divin éducateur qui bénissait les enfants, et les prenait dans ses bras pour les élever vers le ciel, est-ce une raison pour qu'on soit exproprié du droit d'élever cette jeunesse et de la conduire au ciel par un chemin de science, de vertu et de grâces? Voilà le litige, l'étrange litige, d'hier, d'aujourd'hui, de demain; voilà l'enjeu d'une lutte dont notre génération n'a pas vu le commencement, dont elle ne verra pas la fin, mais où elle aura vu se lever et briller des chefs dont sa reconnaissance n'oubliera pas le nom. De ces chefs de la grande armée catholique enseignante, si je disais, mon Père, que vous fûtes un des plus illustres, je craindrais de vous déplaire; mais vous ne me contredirez pas si je dis que vous en êtes aujourd'hui le doyen; et que, grâce à votre longue et laborieuse carrière, vous êtes devenu pour nous comme la représentation même de l'enseignement chrétien, dans ses fortunes diverses.

Aussi bien, du premier au dernier jour de cette guerre, vous n'avez pas manqué une seule campagne. Vous étiez au premier rang, à Dôle, lorsque, en 1828, sonnait déjà l'heure de la proscription; et c'est vous qui eûtes l'honneur de rallier, en Suisse, les débris de cette armée d'enfants et de jeunes gens qui avaient préféré l'exil à la patrie, parce que Dieu était avec vous; parce que, dans cet exil, vous aviez, comme Joseph, emporté Jésus et sa mère : *accepit Puerum cum matre ejus.*

Quand ensuite vous fûtes allé vous retremper, en Espagne, à ces sources de science et de sanctification qui fécondent le pays de sainte Thérèse et de saint Ignace, c'est vous qu'on envoyait gouverner en Belgique cette colonie de

Brugelette, chère à votre souvenir, où, pendant vingt années, la France vous amena les plus nobles et les plus généreux de ses enfants. Et enfin lorsque vint l'heure réparatrice où, rougissant d'elle-même, et épouvantée de l'abîme creusé sous ses pieds, la France de 1850 rouvrit ses portes à vos écoles, vous rentrâtes parmi nous avec la liberté.

Mais l'heure de la délivrance ne fut pas celle du repos. Au retour de la captivité, il fallait rebâtir la ville sainte, les murailles, le temple : Zorobabel était prêt. Vous avez élevé Vannes plus splendide que Brugelette. Toute la Bretagne vous fut conquise; et votre nom restera longtemps en bénédiction sur les côtes et dans les landes de cette terre catholique où les caractères sont de granit comme le sol. Et quand votre Compagnie, étendant de plus en plus son action dans l'enseignement, lui eut donné pour couronnement les cours d'études spéciales pour la préparation aux Écoles de l'État, c'est vous, mon Père, qui fûtes appelé à développer à Paris cette institution qui achève les autres. L'École Sainte-Geneviève, déjà très florissante, grandit encore sous votre sceptre, qui était une houlette; et l'on vit la Rue des Postes s'élever à cette incontestable supériorité qui lui a valu et qui lui vaut encore tant de patriotiques hommages et tant de haines jalouses. Je n'oublierai pas Amiens, où, tour à tour et à la fois provincial et recteur, vous fûtes donné à Saint-Acheul et à la Providence, ramené ainsi par Dieu près du berceau de votre société en ce siècle, comme vous étiez ramené près de votre propre berceau et du foyer de votre grande et chrétienne famille.

Vous n'en étiez pas encore à la dernière de vos étapes conquérantes. Vous aviez dans vos armoiries l'hermine de Bretagne, le lis de l'Ile de France, vous y joignîtes le lion de Flandre. Je le sais, notre Saint-Joseph de Lille n'est que le dernier-né de vos nombreux enfants : *minimus inter fratres*. Mais il est raconté que Jacob aimait le dernier de ses fils plus encore que les autres, parce qu'il l'avait engendré dans ses vieux jours : *quia senex genuerat eum.* Pourquoi faut-il, hélas! que vous ne présidiez plus à sa formation? Et qui donc a plus le droit de s'en plaindre que moi?...

Mais des jours étaient venus où le bien s'appelle le mal et le mal le bien. L'enseignement libre était atteint : vous fûtes frappé, mon Père. Ils sont ici, près de vous, ceux qui furent vos défenseurs devant ces conseils de l'Instruction publique, de laquelle cependant personne n'avait mérité mieux que vous. On l'oublia, mon Père; je n'ose rien dire de plus. Mais ces murs pourraient nous dire la garde fidèle du jour et de la nuit qui fut faite autour de vous par les pères de famille, avant l'heure déchirante de la séparation. Et ce que vous ressentîtes, lorsque, à soixante-dix-sept ans, vous dûtes repasser en proscrit, en condamné, le seuil de la maison que vous aviez bâtie pour y vivre et mourir au milieu de vos enfants, c'est le secret de Dieu. C'est à lui que vous avez offert ce sacrifice. Lui seul en sait le prix.

N'avais-je pas raison de dire que votre destinée était la destinée même de l'enseignement chrétien, et votre histoire son histoire? Avec lui, le tiers au moins de votre vie religieuse s'est passé dans l'exil et dans la persécution; et c'est bien certes à vous que le Seigneur peut dire comme à ses apôtres fidèles : *Vos estis qui permansistis mecum in tentationibus meis;* mais pour ajouter aussi que vous en serez, comme eux, récompensé en roi : *Et ego dispono vobis, sicut disposuit mihi Pater meus regnum.*

Déjà d'ailleurs plus d'un gage vous en a été donné; et il me semble que justement vous pouvez dire, mon Père, avec le Psalmiste, que votre vieillesse a connu, à côté de grandes amertumes, d'abondantes miséricordes : *Et senectus mea in misericordiâ uberi.* C'en fut une que ce premier pèlerinage à Rome où Léon XIII se complut à reconnaître et à bénir le bon soldat du Christ, qu'il avait visité autrefois à Brugelette où il avait passé la revue de sa jeune troupe. C'en fut une autre que l'honneur d'avoir été appelé à déposer votre suffrage pour l'élection de celui qui est, après le Pape, votre second père selon Dieu, et d'avoir vu placé sur le siège de David, du vivant de son père, le sage Salomon dont le nom vénéré ne saurait être oublié en ce jour cher à tout l'ordre qui s'honore de vous.

Et nous aussi, mon Père, ne pourrions-nous prétendre à être pour vos cheveux blancs une consolation? Et ne ressentiriez-vous pas quelque douceur à nous voir tous, parents et enfants, administrateurs et maîtres, si unis, si résolus, à ce poste où vous nous avez transmis votre faction, et où votre ombre encore peut gagner des batailles. Non, c'est votre prière qui les gagne, mon révérend Père; et j'ai bien des fois pensé que là, dans votre retraite, placé si près de nous, vous travaillez encore puissamment pour nous, et que bien des grâces qui nous sont accordées par le Cœur de Jésus, avaient été d'abord obtenues par le vôtre.

Mais pardonnez-moi : je m'oublie. J'oublie que l'Ecriture ne permet pas de longs discours en présence des vieillards : *Et ubi sunt senes, non multum loquaris.* A vous de parler, mon Père; mais de parler à Dieu. Allez donc lui porter ces souvenirs de cinquante ans, et ces actions de grâces. Vous ne serez pas seul à les lui offrir : voyez ceux qui vous entourent et qui, pour ainsi dire, soutiennent de leurs vœux les bras de notre Moïse levés sur la montagne. A Dôle, à Brugelette, à Vannes, à Paris, à Amiens, à Lille, vous les appeliez vos enfants; ils vous nomment encore leur père, et vous pouvez bien en retour les appeler avec l'Apôtre votre couronne et votre joie, *filii dilectissimi, filii desideratissimi, corona mea et gaudium meum,* car sous le changement des visages, les cœurs sont restés fidèles à tout ce que vous leur apprîtes à aimer et à servir. Tout à l'heure, vous les verrez, ces enfants de Brugelette, blanchis par les années et les travaux d'une vie militante comme la vôtre, venir s'agenouiller ici à la Table sainte, et recevoir de votre main le Dieu que vous leur donnâtes au jour inoubliable de leur première communion, trouvant ainsi pour vous et pour eux, mon Père, le secret du plus efficace des rajeunissements.

D'ailleurs, voyez cette chapelle trop petite pour la foule des familles accourues afin de révérer en vous une paternité qui fut le complément de la leur, et dont le Ciel un jour nous révélera les fruits de grâce et de salut. Puis, derrière l'assemblée de ceux qui sont ici, voyez et comptez, si vous le pouvez, l'assemblée de ceux qui y sont présents de cœur, et desquels nous avons reçu ces lettres en même temps si religieuses et si tendres qu'elles font à la fois et prier et pleurer. Et au-dessus de la prière de vos innombrables élèves, entendez monter la voix de vos fils en religion, de vos pères et de vos frères, depuis Gemert jusqu'à Rome, formant ensemble un concert où votre nom se mêle à mille bénédictions. Enfin plus haut encore, voyez l'assemblée céleste des saints religieux de votre Institut, martyrs, confesseurs, docteurs ; et à leur tête, Ignace, votre bienheureux père qui vous ouvre ses bras. Puis, autour de lui, l'élite de ses disciples que vous avez connus, ces grands hommes de Dieu qui furent vos maîtres, vos amis ou vos compagnons d'armes : les Varin, les Guidée, les Dhruillet, les Gury, les Ravignan, les Olivaint, les Pontlevoy.... Je ne puis les nommer tous. Mais, dans cette terre des vivants, il en est un du moins que votre cœur a distingué : c'est ce frère selon la nature qui avait voulu être votre frère en religion, et qui, novice encore, s'en fut cueillir la palme que son frère devait acheter au prix de si longs travaux. Des deux fils de Zébédée appelés le même jour à l'apostolat, vous fûtes comme Jean, celui de qui le Seigneur a dit : « Je veux que celui-là reste. » Puisse-t-il, nous l'en conjurons, le vouloir longtemps encore !

Voilà donc votre assistance invisible, immortelle. Les

voilà tous qui, tandis que vous monterez ici, à cet autel de la terre, se presseront là-haut, autour de ce trône de l'Agneau où saint Jean vit les vieillards se prosterner et déposer l'hommage de leurs couronnes. Comme lui, de cette Pathmos où vous fûtes relégué « à cause de la parole de Dieu et du témoignage rendu à Jésus-Christ, » vous pouvez les entendre qui, en vous regardant, se disent l'un à l'autre : « Réjouissons-nous, tressaillons de bonheur et rendons gloire à Dieu, parce que voici les noces d'or de l'Agneau avec l'âme sacerdotale qui se prépare à renouveler la fête de son alliance : *Gaudeamus et exultemus, et demus gloriam Deo, quia venerunt nuptiæ Agni et uxor ejus præparavit se.*

O Père, ô Prêtre du Très-Haut, sacrifiez donc au Seigneur une hostie de louanges : il vous écoute, il vous contemple, car « le regard du Seigneur repose sur les vieillards, » a dit l'Esprit-Saint. Unissez-vous à l'Église dans ce jour d'une fête si bien appropriée à la célébration de cet anniversaire; et redites les prières liturgiques de cette messe remplie de si expressives significations. Vous y ferez mémoire de la nativité de Jésus au berceau, vous qui avez donné tant et de si illustres berceaux à l'Enfant Dieu. Vous y ferez mémoire de saint Étienne martyr, vous qui avez souffert pour le nom de Jésus, et qui savez comment on pardonne et on prie pour ses persécuteurs. Vous y ferez mémoire de saint Jean, l'apôtre centenaire qui disait à ses disciples ce qu'à cent ans, mon Père, vous nous redirez encore : « Aimez-vous les uns les autres. » Enfin vous célébrerez la fête des saints Innocents, qui est plus que jamais la fête de l'enfance chrétienne, aujourd'hui que l'enfance chrétienne est persécutée pour la cause de Jésus. Ce Jésus qu'on veut tuer dans l'âme de ces innocents, déjà deux fois, mon Père, à l'exemple de Joseph, vous l'avez sauvé et conservé aux âmes, au prix d'un long l'exil. Vous nous apprendrez à le sauver et à le conserver encore. Puis, laissez-nous la confiance

— et c'est mon dernier vœu — que « lorsqu'auront passé ceux qui en veulent à l'âme de l'enfant » comme Joseph aussi vous rentrerez à Nazareth. Je vous en ouvrirai la porte triomphale comme au vrai maître de la sainte famille ; et ma joie à mon tour sera d'apprendre alors que ces enfants « vous sont soumis, » et que, comme leur divin Modèle, ils « croissent en âge, en sagesse et en grâce devant Dieu et devant les hommes. » Ainsi soit-il !

Pendant que Mgr Baunard lisait ces pages admirables, d'une éloquence si douce et si élevée, bien des larmes coulèrent. Plus d'un pensait à ces divines homélies de saint Grégoire de Nazianze ou de saint Jean Chrysostome, célébrant les gloires du sacerdoce chrétien, ou les combats des grands athlètes de la foi sous les Constance et les Julien l'Apostat.

Le saint sacrifice se poursuivit sous ces pieuses émotions doucement entretenues par les chants du chœur. Les vétérans de Brugelette se crurent transportés dans leur chapelle d'autrefois, en entendant le *Quid retribuam* du P. L. Lambillote, vrai cri du cœur débordant de joie et de gratitude envers Dieu ; le cantique triomphal *Aux chants de la reconnaissance;* un *Salvete flores martyrum*, plein de fraîcheur et de grâce, composé aussi par le P. Lambillotte pour les fêtes religieuses de leur cher collège.

Un nouveau bonheur attendait le R. P. Pillon à l'issue de la messe. Un télégramme envoyé de Rome par le R. P. Sébastien, abbé de la Trappe du Mont-des-Cats, annonçait au vénérable Jubilaire que le Souverain Pontife Léon XIII lui accordait sa bénédiction apostolique.

La fête religieuse se termina dans l'après-midi par un Salut solennel présidé par le R. P. Pillon dans la chapelle des Sœurs de la Charité maternelle.

LE BANQUET

Le soir, à cinq heures, le banquet organisé par le comité des anciens élèves de Brugelette réunissait autour du R. P. Pillon plus de cent invités.

Le Cercle catholique, par l'entremise de son honorable président, M. Jean Bernard, ancien élève de Saint-Joseph, avait gracieusement mis ses salons à la disposition du Comité.

Le vénérable Jubilaire avait à ses côtés, avec sa famille religieuse, ses amis et les chers enfants qu'il avait élevés : Mgr Baunard; le R. P. Félix; M. l'abbé Lasne, chanoine archiprêtre de Saint-Maurice; M. l'abbé Dereu, doyen de Saint-Étienne; M. le chanoine Delassus; M. le chanoine Brande, curé du Sacré-Cœur; M. G. Théry, secrétaire du Conseil d'administration de Saint-Joseph et défenseur de l'ancien Recteur devant les tribunaux de l'Université; MM. Bayart et Chesnelong, qui l'avaient assisté de ses conseils devant les mêmes tribunaux; le R. P. Capiémont, supérieur de la résidence de Douai; M. de Margerie, doyen de la Faculté catholique des lettres; M. Wintrebert, vice-doyen de la Faculté catholique de médecine; un nombre considérable d'anciens élèves de Brugelette, plusieurs professeurs et anciens élèves de l'École Saint-Joseph.

La famille du R. P. Pillon était représentée par ses neveux et cousins, M. Salmon, M. Leclercq, M. de Sommermont et M. de Saint-Paul.

TOAST DE M. DE GILLÈS

AU NOM DE BRUGELETTE

Avant de porter la santé du R. P. Pillon, M. de Gillès fit mémoire des absents.

Privés du bonheur de se retrouver autour de leur Père, la plupart des vétérans de Brugelette avaient exprimé le désir que leurs noms du moins fussent proclamés avec leurs regrets dans cette réunion de famille.

M. de Gillès continua en ces termes :

MON RÉVÉREND PÈRE,

Tous vos enfants auraient voulu vous entourer en ce jour d'une couronne d'honneur. Mais l'appel un peu tardif qui nous a été adressé, a été cause que beaucoup d'entre nous n'ont pu arriver à temps pour cette fête de famille.

Permettez donc, mon révérend Père, à un de vos plus anciens élèves, de représenter les absents, et en particulier notre comité de Paris. Tous, j'en suis certain, joindront leurs vœux et leurs prières aux nôtres. Quant à ceux trop nombreux, hélas ! que la mort nous a ravis, ils s'unissent également à nous, pour fêter les noces d'or de notre vénéré Recteur.

Revêtu de ce caractère sacré depuis un demi-siècle, vous avez été toujours parmi nous le représentant de l'autorité divine ; vous nous avez appris à aimer Dieu et la France, à nous montrer partout et avant tout catholiques romains et français. Notre cœur filial n'oubliera jamais ce qu'il doit d'amour et de reconnaissance aux Pères qui ont formé notre jeunesse, et entre tous au Recteur aimé du cher Brugelette.

AU RÉVÉREND PÈRE PILLON !

LES VŒUX DES ABSENTS

Sans trahir les secrets du Père et des fils, qu'il nous soit permis de citer quelques extraits des lettres arrivées à Lille en cette circonstance.

Un des plus anciens, aujourd'hui magistrat en retraite, écrit à son vieux Recteur :

« Dans le toast que j'ai porté au banquet des anciens élèves de Brugelette que j'ai présidé cette année, j'ai exprimé tous nos sentiments d'inaltérables respect et affection pour le Prêtre et le Père admirable que j'ai appelé *la personnification même de Brugelette*. Je compte qu'au prochain banquet une voix autorisée célébrera à Paris le grand anniversaire qui va vous réunir, et qu'ainsi tous les fils de Brugelette se trouveront avoir une fois de plus exprimé l'unanimité de leurs sentiments pour leurs anciens maîtres et leur glorieux chef. »

Un autre laisse ainsi parler son cœur :

« Il faut bien que je sois bloqué par les neiges et mes rhumatismes pour ne pas franchir aujourd'hui les cent vingt lieues qui nous séparent de Lille, et être demain près de vous avec tous ces vieux camarades qui vont fêter vos noces

d'or. Ah! mon cher Père, quoique nous soyons malheu-
reusement trop séparés par les circonstances, que vous êtes
donc souvent dans nos bouches et dans nos souvenirs!
Dieu m'est témoin que votre nom y est souvent prononcé;
car nous avons bien la mémoire du cœur à votre endroit,
je vous le jure, et nous avons bien hérité de l'affection que
vous portaient nos chers parents dans ce temps trois fois
béni de Brugelette. Oh! Brugelette, ce nom me dilate
encore le cœur avec tous ces souvenirs si vivants que je
crois y être encore; et pourtant nous voilà plus près de
notre éternité que de ce temps si joyeux! Enfin, grâce à
vous, nous savons que nous allons être encore réunis avec
toutes nos affections dans le sein de Dieu, et cette pensée
de foi que vous tous, chers Pères, avez su faire pénétrer si
avant dans nos cœurs, console bien de tous les regrets et de
toutes les turpitudes dont on est entouré ici-bas. A Dieu
donc, cher et révérend Père, et à vous de cœur et d'âme à
la vie et à la mort. »

On lit dans une autre lettre : « Heureux ceux qui
peuvent se réunir autour de vous pour le cinquantième
anniversaire de votre sacerdoce, mon révérend Père! Je ne
puis être avec eux que par le cœur, mais j'y suis tout entier :
avec mes anciens camarades, je vous redis toute ma très
vive reconnaissance et mon très profond respect, plus
accentué encore, s'il est possible, depuis les expulsions.
Je vénère en vous, mon très révérend Père, le fils de
Loyola luttant sans cesse pour la défense de la sainte Église,
et travaillant sans cesse à la grandeur de son pays, quels
que soient l'ingratitude et l'aveuglement de notre pauvre
France ! »

Un quatrième se souvient que sa belle voix de soprano
lui avait jadis valu l'honneur de chanter quelques couplets
au grand Recteur de Brugelette :

3

« Vous rappelez-vous, mon révérend Père, qu'un jour
à Brugelette, je vous chantais :

> Si j'étais grand,
> Au temple de Mémoire,
> De tes bontés, ô Père bienfaisant,
> Je graverais l'attendrissante histoire :
> « Je fus son fils, dirais-je, c'est ma gloire; »
> Si j'étais grand !

» Eh bien, ce que chantait l'enfant, l'homme pourrait le
répéter aujourd'hui. Si je suis resté ce que je suis, à vous
je le dois, à vos sages et paternels conseils, dont sont imbus
mes fils, qui marcheront, j'espère, avec la grâce de Dieu,
sur les traces de leur père. »

Sans le Jubilé du R. P. Pillon, la Flandre peut-être
n'aurait jamais connu les *calissons* d'Aix. Un Brugelettois,
hôte de la Provence, en adressa pour le banquet un gracieux échantillon accompagné de cette lettre :

« Quel malheur d'avoir à parcourir onze cents kilomètres
pour aller vous revoir ! — Comment faire ce voyage en
cette saison, quitter notre beau soleil et se plonger dans
vos frimas? Mais comment aussi laisser passer cette fête
du 28 décembre sans vous assurer que je serai de cœur
auprès de vous et de mes chers et vieux camarades, plus
heureux que moi? Je viens donc vous dire que, m'unissant
à vous tous en pensée, je communierai ce jour-là, priant
Dieu de nous réunir tous un jour avec vous sans plus de
séparation. Mais comme, en outre d'une âme, nous avons
un corps auquel il est permis de penser, et que j'aurai le
regret de ne pouvoir le transporter au milieu de vous, j'ai
pensé de vous adresser, en même temps que cette lettre et
pour me remplacer, un paquet de petits biscuits aixois,
que vous pourrez faire figurer à votre banquet, afin de me
rappeler au souvenir de tous. Ils ont été, dit-on, inventés
par le roi René et baptisés par lui *calissons*, probablement

par corruption, pour *kallistons*, comme étant le superlatif des beaux et bons gâteaux. Vous voyez qu'on n'a pas tout à fait oublié son grec. — Et sur ce, mon bien cher et révérend Père, dans l'espoir de vous revoir bien encore quelque jour à Paris ou ailleurs, laissez-moi vous embrasser pour cette circonstance, et vous renouveler l'assurance de mon bien sincère et affectueux dévouement. »

Un médecin s'excuse d'être retenu par les devoirs de sa profession, et ajoute à ses regrets cette promesse si bien faite pour toucher le cœur du Prêtre et du Religieux :

« Je m'associerai de tout cœur à la cérémonie du 28 décembre, et je prierai le saint Cœur de Jésus de prolonger votre belle et précieuse vie. Je suis toujours l'élève de cette maison bénie de Brugelette, et je n'oublierai jamais les bons principes que j'y ai reçus. Ce jour du 28 décembre, je serai de cœur à Lille, et, à défaut de cérémonies religieuses, je réciterai mon chapelet sur mon ancien chapelet de Brugelette, que j'ai toujours depuis trente-cinq ans, et qui ne me quitte jamais.

» Ce sera là la consolation de l'absent malgré lui. »

Une dépêche enfin apportait ce cri du cœur :

« Amour, reconnaissance et longue vie à notre ancien et vénéré Recteur, avec mes meilleurs souvenirs à vous et à tous ceux qui, plus heureux que moi, lui font cortège aujourd'hui. »

Bien d'autres témoignages de vénération et de haute sympathie ont réjoui en ces jours le cœur du R. P. Pillon. Ne pouvant citer tous les noms, nous mentionnerons du moins Mgr HAUTCŒUR, Recteur de l'Université catholique de Lille ; M. le chanoine DEHAISNE, secrétaire général de la même Université ; M. H. BERNARD, président de la société civile de Saint-Joseph ; M. Ch. VERLEY, président du Tribunal de commerce ; M. le chanoine LASNE, archiprêtre de Saint-

Maurice, qui résumait dans un mot heureux les sentiments de tous, en saluant dans le R. P. Pillon « le noble vétéran du sacerdoce et des grandes luttes de la liberté catholique. »

La poésie et la musique voulurent aussi se faire entendre. Le P. L. Decoster offrit à son ancien Recteur de Saint-Joseph les strophes suivantes, interprétées dans un gracieux *duo* par les PP. Labbé et Chesnay.

PÈRE ET ROI

C'était au jour béni des mystiques prémices,
    Vrai jour du ciel;
Nouveau prêtre, il goûtait d'enivrantes délices
    Au saint autel.
A son cœur inondé de joie et de lumière,
    Jésus parlait :
De ses desseins d'amour l'ineffable mystère
    Se révélait.

Et Jésus lui disait : « Prêtre, tu seras père
    Autant que roi;
Regarde ces enfants dont l'amour te vénère :
    Ils sont à toi;
C'est ta belle conquête et ton joyeux partage,
    Et dans les cieux
Ils seront ta couronne et ton noble héritage,
    Roi glorieux.

Pour aimer ces enfants, Père, agrandis ton âme,
    Et chaque jour
Au foyer de l'autel viens raviver la flamme
    Du saint amour.
Là ton cœur trouvera de la sainte parole
    Le trait vainqueur,
Et le baume divin qui guérit et console
    Toute douleur.

Un jour, tu connaîtras l'exil et la souffrance;
        Car les méchants
Voudront dans leur fureur te ravir à la France,
        A tes enfants.
Mais l'amour de tes fils bravera la colère,
        Et près de toi
Leur phalange viendra t'acclamer comme un père
        Et comme un roi. »

Cinquante ans ont passé: ta première allégresse
        Rayonne encor,
En ce jour où Dieu donne à ta verte vieillesse
        Les noces d'or.
Tu ne saurais avoir une fête plus belle,
        Un jour plus beau,
Jusqu'au jour sans déclin de la fête éternelle
        Avec l'Agneau.

TOAST DE M. DE CAUMONT

AU NOM DES ANCIENS ÉLÈVES DE SAINT-JOSEPH

Mon révérend Père,

A d'autres appartenait l'honneur de rappeler, en ce solennel anniversaire, le cours de votre vie sacerdotale et l'éclat de votre longue carrière dans la Compagnie de Jésus.

Mais, au milieu de ce concert de justes louanges, vous cherchez peut-être à distinguer la voix de vos fils de Saint-Joseph.

N'est-il pas naturel qu'ils joignent l'hommage de leur profonde gratitude à celui de vos anciens de Brugelette? — Mon révérend Père, nous sommes vos Benjamins. Il y a dans toutes les familles des prédilections secrètes pour les derniers-nés. Sans craindre d'exciter votre jalousie,

Messieurs, nous avouerons naïvement que, dans le cœur du P. Pillon, ces Benjamins ont trouvé des trésors de tendresse, des soins délicats, de vraies gâteries. Aussi, comme nous vous avons aimé, mon Père! comme à votre paternelle sollicitude a vite répondu la plus tendre piété filiale!

Devenus grands, et comprenant mieux le prix de l'instruction chrétienne que vous nous donniez dans cette maison de Lille, votre dernière fondation, nous venons aujourd'hui avec l'ardeur de notre âge, dans son simple langage, vous dire merci pour vos bienfaits et pour votre dévouement à notre jeunesse.

Exprimons un vœu en terminant : Pour que la grande cause de l'éducation catholique et française, à laquelle vous avez voué votre existence entière, triomphe des mille obstacles de l'heure présente, que Dieu lui donne toujours des cœurs comme le vôtre, mon Père; et qu'il daigne vous donner, à vous, la joie de recueillir les fruits de vos multiples labeurs, en vous faisant assister au triomphe de l'Église et de la patrie!

Les petits élèves de Saint-Louis de Gonzague tenaient aussi à offrir leurs vœux à leur vénérable grand-père. Le P. d'Aubigny, Préfet de la nouvelle École, fut leur aimable interprète, en chantant les couplets suivants composés par le P. L. Chérot.

LES PLUS PETITS AU PLUS GRAND

I

Hier, devant l'auditoire
De mes cinquante bambins,
A ces petits chérubins
Je racontais votre histoire.
Ils sont là, tous haletants,
Tant mon récit les enchaîne,

Quand l'un d'eux, — il a huit ans —
Me dit : « Qu'est-ce donc qu'un *chêne?*
Cet arbre n'est pas commun,
Et d'en voir je désespère,
     Je désespère.
Montrez-m'en donc un, mon Père,
Mon Père, montrez-m'en donc un. »

2

— « Un chêne, dis-je à la classe,
Est un arbre longtemps vert,
Qui garde, quand vient l'hiver,
Son feuillage sous la glace.
Quel que soit l'âge ou le froid,
Son front, vaste comme un dôme,
Reste debout fier et droit;
C'est un roi dans son royaume.
Si ce soir je suis content,
Je pourrai demain, j'espère,
     Oui, je l'espère,
Vous montrer à tous un Père...
Un *chêne*... à ce qu'on prétend.

3

Un autre — pur comme un ange —
Reprend : Mais, qu'est-ce qu'un *roi ?* »
— Chut! Chut! fis-je avec effroi
Devant sa candeur étrange.
... J'en connais un, mes enfants,
Comme peu le ciel en donne;
C'est demain que triomphants
Ses fils feront sa couronne.
— Si je fais bien mon devoir,
Vous m'emmènerez, j'espère,
     Oh oui, j'espère.
Je voudrais le voir, mon Père,
Mon Père, je voudrais le voir. »

4

En classe d'histoire sainte.

« Après Noë qui fit l'arche,
Jacob, des tribus le chef,
Vous nous dites que Joseph
Fut le dernier *patriarche*.
Moi, je n'en sais pas plus long;
Mais papa disait à table
Que le bon Père Pillon
En était un véritable.
Si j'ai fini mon devoir,
Vous m'emmènerez, j'espère... »

5

— « Un patriarche, repris-je,
C'est un grand-père très bon,
Qui toujours a du bonbon,
Et, sans punir, vous corrige.
Ses enfants sont si nombreux,
Qu'autour de lui tout fourmille,
Quand, certains grands jours, entre eux
Ils reforment la famille.
— Si je fais bien mon devoir,
Vous m'emmènerez, j'espère... »

6

En classe d'arithmétique.

« Je compte bien jusqu'à trente,
Trente-cinq avec effort;
Mais, pour mes doigts, c'est trop fort
De compter jusqu'à cinquante.
Je voudrais savoir comment
Vous avez pu reconnaître
Que le Père, exactement,
Depuis cinquante ans est prêtre.

Si je fais bien mon devoir,
Vous m'emmènerez, j'espère... »

7

« Dix-huit cent quatre, naissance;
Aucun de vous n'était né.
Trente ans après, ordonné;
Vous n'aviez pas connaissance.
Vingt ans préfet ou recteur
De l'antique Brugelette.
Trente ans enfin fondateur:
La cinquantaine est complète.
— Si je fais bien mon devoir,
Vous m'emmènerez, j'espère... »

8

« — Puis, là-haut, on tient le compte,
Et chaque fois qu'à l'autel
Ici-bas monte un mortel,
Un ange au ciel le raconte.
Quand, cinquante ans, chaque jour
S'est accompli le mystère,
Alors, du divin séjour,
L'ange le dit à la terre.
— Oh! puisqu'il en est ainsi,
Je serai prêtre, j'espère,
    Oui, je l'espère.
Cinquante ans aussi, mon Père,
Mon Père, cinquante ans aussi. »

Ne pouvant insérer dans ces pages toutes les poésies qui ont été chantées ou récitées en cette belle fête, nous nous reprocherions de passer sous silence de charmants couplets envoyés par les exilés de Gemert, en Hollande, sur ce verset du psalmiste : *Introibo ad altare Dei ;* une brillante cantate du P. Leroy; enfin un chœur des plus gracieux, composé par le P. Labbé.

TOAST DE M. DE MARGERIE

DOYEN DE LA FACULTÉ CATHOLIQUE DES LETTRES DE LILLE

Mon révérend Père,

L'aimable ordonnateur de cette fête veut bien autoriser et presque inviter en ma personne l'Université de Lille à joindre son hommage à tous ceux qui se pressent autour de vous depuis ce matin. Je saisis l'autorisation au vol, j'accepte l'invitation comme une grande faveur ; et je viens saluer en vous l'un des plus glorieux fondateurs de l'enseignement supérieur catholique.

Vous l'avez *fondé* dans toute la vérité du mot ; car vous en avez, pendant quarante ans, creusé les fondations et construit les premières assises en lui préparant un personnel, en élevant ces générations de jeunes hommes qui, devenus pères de famille, nous envoient aujourd'hui leurs fils. Ils ont compris par leur propre expérience que l'éducation chrétienne, commencée au collège, doit s'affermir et s'achever dans les écoles supérieures ; ils se sont souvenus des périls que couraient leur foi et leur vertu quand ils fréquentaient les cours des Facultés officielles ; et ils ont désiré, ils ont réclamé, ils ont finalement conquis pour leurs enfants ce qui leur avait manqué à eux-mêmes : des Universités catholiques.

Nous avons dû, mon révérend Père, à votre apostolat de Brugelette et de Vannes les premières familles qui nous ont confié leurs fils, à votre apostolat de Saint-Joseph nos premiers étudiants. Soyez-en béni, et veuillez faire à notre jeune Université l'honneur de la considérer comme un des fleurons de notre couronne, — *comme une de vos filles*, dirai-je plus volontiers, afin de mieux marquer le lien de tendre vénération qui nous unit à vous.

Je devrais me rasseoir. Cependant je ne me résigne pas

à garder pour moi le souvenir qui n'a cessé de m'être présent pendant tout le cours de cette touchante et charmante journée de noces d'or. Si aucune transition ne lie ce que je viens de dire à ce que je vais ajouter, pardonnez cette faute à une bouche qui ne parle que de l'abondance du cœur.

Il y a bientôt huit ans, j'assistais, à Rome, à d'autres noces d'or, aux incomparables fêtes que le monde catholique fit à Pie IX pour le jubilé semi-séculaire de son épiscopat. Entre sa destinée et la vôtre, que d'analogie, mon révérend Père! Tous deux vous avez été jugés dignes de souffrir pour le nom de Notre-Seigneur Jésus-Christ. Tous deux vous avez connu les douleurs de l'exil, et la douleur plus amère de voir la haine des sectaires opposer tous les obstacles de la perfidie et de la violence à votre immense désir de faire du bien aux âmes. Et tous deux aussi vous avez été, pendant la persécution, l'objet d'un amour qui grandissait avec elle. Pie IX ne fut jamais plus maître des cœurs que dans sa prison du Vatican. Et vous, mon révérend Père, vous sentez bien que, dans la solitude à laquelle on vous a condamné, nos cœurs sont plus à vous qu'ils ne le furent jamais.

Mais nous gardons l'espérance que l'analogie s'arrêtera là. Le grand Pape n'a pas vu le jour de la délivrance. Nous demandons à Dieu, mon révérend Père, qu'il vous donne de le voir, et qu'il nous donne de vous ramener dans ce beau collège que des mains dévouées et fidèles vous gardent en dépôt, dans cette vraie maison de famille où tous vos fils vous attendent, où votre absence est un deuil, où votre retour sera un triomphe.

TOAST ET POÉSIE DE M. DE DORLODOT

J'ai vivement regretté, mon révérend Père, de ne pouvoir assister à la partie religieuse de cette fête. Pour m'y associer, je me suis servi du moyen le plus chrétien, en m'unissant à vous par Celui qui est présent partout : j'ai communié ce matin à votre intention.

Je me demande comment j'ose prendre la parole en ce moment ; car, suivant l'expression de Mgr Cartuyvels, les Belges ont la voix rude. Et comment un Belge peut-il être assez audacieux pour se faire entendre, après les chefs-d'œuvre d'éloquence et de poésie française dont retentissent encore les échos de cette salle.

On ne m'a pas même laissé le monopole du latin. J'avais, en effet, pensé, mon révérend Père, à vous adresser un discours latin ; mais je fais seulement, avec mon plus jeune fils, ma cinquième pour la première fois... sérieusement, et je me suis dit qu'il y aurait ici des professeurs qui pourraient bien trouver en mon latin matière à correction.

Cependant, je n'aurais eu, pour ainsi dire, qu'à emprunter le style et même les phrases de Cicéron pour vous dire :

Tantam diligentiam tuam, tam inusitatam inauditamque pro discipulis curam, tantum in collegiis regendis rerum omnium modum, tam incredibilem doctrinam, tantum denique paternum amorem tacitus nullo modo præterire possum (1) ; nec diuturnitas temporum, nec rerum publicarum prospera fortuna, nec earum casus, *nec ministrorum ardor prava jubentium* (2), nec virilis ætas, nec fugacium annorum onusta senectus, nec mors, mors ipsa, inquam, nostram in te reverentiam derelictam aut etiam imminutam cernent ; ita ut patris filiorumque corda uno amore, uno motu, imo una eademque anima in perpetuum unita esse videantur.

Mais ceci ne suffit pas, mon révérend Père, pour contenter mes camarades de Brugelette ; ils réclament une pièce de vers ; ils s'y sont habitués comme on s'habitue à certaines liqueurs : plus elles sont mauvaises, plus on les aime. Voici donc des vers.

(1) *Pro Marcello*, I.   (2) HORACE, *Romulus in cœlum receptus.*

AU RÉVÉREND PÈRE PILLON

Un jour, jetant les yeux sur sa longue carrière,
Avec un juste orgueil, une sainte fierté,
L'Apôtre se rendait une justice entière,
Témoignage d'honneur par l'Esprit-Saint dicté.

Père, chacun de nous en ce moment proclame
Que, semblable à saint Paul, fier et vaillant soldat,
A Jésus comme lui donnant toute votre âme,
Vous avez combattu toujours le bon combat.

Nous nous en souvenons, nous fils de Brugelette :
La France vous chassait dans ses égarements ;
Et sur le sol d'exil jeté par la tempête,
Vous vengiez cet affront en sauvant ses enfants.

Pendant près de vingt ans, témoins de votre vie,
Nous avons vu passer le Préfet, le Recteur.
Ah ! Père, croyez-moi, je hais la flatterie,
Pourtant ce souvenir est là, là dans mon cœur.

Et pourrais-je oublier la douce bienveillance
Qui se cachait si bien sous un air imposant ;
Moi qui suis un témoin vivant de l'indulgence
De celui qu'on croyait sévère... en le voyant.

Grâce à vous, je restai dans notre cher collège
Jusqu'au jour où mon cœur, ne parlant plus en vain,
Fit germer la raison dans ma tête de liège :
Et ce jour-là le fils remplaça le gamin.

Amis, pardonnez-moi ce souvenir intime ;
Qui sait combien de fois ce fait se répéta ?
Qui peut compter combien cette bonté sublime
D'enfants à leur devoir doucement ramena ?

Fidèle gardien des jours de notre enfance,
Soyez béni par nous, par nous vos fils aînés;
Après plus de trente ans notre reconnaissance
Vient joindre ses souhaits à ceux de nos puînés.

Souhaits tout pleins d'amour pour la verte vieillesse
Que Dieu dans sa bonté veut bien vous accorder:
Qu'il vous laisse longtemps, Père, à notre tendresse,
Qu'il vous laisse à vos fils encor pour les guider.

Puis, quand viendra le jour des grandes récompenses,
Qu'il ne sépare pas ceux qu'il avait unis;
Qu'il nous donne un collège exempt de pénitences
Dans un tout petit coin de son grand paradis.

TOAST DE M. G. THÉRY

Mon révérend Père,

En l'absence de M. Henri Bernard, président de la Société civile de l'École Saint-Joseph, empêché d'assister à cette réunion, je ne crois pas commettre une usurpation de fonctions en vous demandant la permission de porter votre santé au nom de tous mes coassociés.

Je lis ces paroles sur le souvenir que vous avez fait si gracieusement distribuer à chaque membre de cette réunion: *Confortamini et viriliter agite in lege.* Je me persuade, je ne sais si c'est une illusion, que vous avez voulu par ces mots adresser un conseil et un encouragement à la Société civile. Je traduis en effet:

Confortamini, courage, *et viriliter agite*, agissez énergiquement, *in lege*, et légalement. L'enseignement du vrai et du beau, il est représenté dans l'École par Mgr Baunard et par tous ses collaborateurs ; mais la légalité, c'est nous ; nous sommes le droit au service de la vérité.

Eh bien, mon révérend Père, je vais vous faire une confidence ; j'aurai, j'en suis certain, l'approbation de Mgr Baunard : mes coassociés et moi, nous n'avons tous qu'un désir, c'est de vous voir rentrer à Saint-Joseph comme un roi qui fait son entrée triomphale dans une de ses bonnes villes reprise sur l'ennemi, et de pouvoir, vous recevant à la porte de l'École, vous en remettre les clefs.

Puisse Dieu nous accorder à vous comme à nous de voir cet heureux jour ! c'est le vœu que nous formons en portant votre santé.

A la santé du R. P. Pillon !

RÉPONSE DU R. P. PILLON

C'est l'usage de la Compagnie de Jésus, de célébrer avec une certaine solennité les noces d'or de ses enfants, c'est-à-dire leur jubilé sacerdotal.

Rien de mieux assurément.

Mais la modestie religieuse est un peu effrayée de l'éclat donné à cette fête.

Et pourtant pourquoi ne bénirais-je pas le ciel de vous avoir réunis en si grand nombre pour être les témoins de mon bonheur ?

Oui, bénie soit la Compagnie de Jésus pour tous les bienfaits dont elle m'a comblé pendant plus de soixante ans !

Je remercie aussi, et de tout cœur, mes chers anciens de Brugelette, qui m'ont donné en ce jour de si touchants témoignages de leur affection filiale.

Je remercie mes plus jeunes enfants de Lille, qui marchent si vaillamment sur les traces de leurs aînés.

Je remercie Mgr Baunard dont le cœur, en cette occasion surtout, s'est montré si grand et si bon. Que Dieu soit sa récompense !

Pour finir, mes chers amis, je vous adresserai à mon tour le vœu que vous m'avez exprimé : *Ad multos annos,* au service de Dieu et pour sa gloire.

Telle fut cette fête d'impérissable souvenir. D'ailleurs un mémorial en avait été gravé dans une image religieuse que chacun des convives avait trouvé à sa place, portant au revers ces paroles tirées des Livres saints :

IHS

A. M. D. G.

Et dixit Mathathias filiis suis : Confortamini, et viriliter agite in lege; quia in ipsa gloriosi eritis. (I. Mach., II, 49, 64.)

A. Pillon, S. J.

A ce souvenir qu'il nous soit permis de joindre une espérance. Au même chapitre du Livre des Machabées, il est raconté que Mathathias vécut jusqu'à *cent quarante-six ans* : « *Et defunctus est anno centesimo quadragesimo sexto.* » Nous en tirons un heureux présage pour notre Mathathias.

— Lille. Typ. J. Lefort. 1885. —

www.ingramcontent.com/pod-product-compliance
Lightning Source LLC
Chambersburg PA
CBHW060857180626

46818CB00004B/1746